Nature en scène

Loys DUPUY

Nature en scène

Nouvelles

© 2023 Loys Dupuy

Édition : BoD – Books on Demand, info@bod.fr
Impression : BoD – Books on Demand, In de Tarpen 42, Norderstedt (Allemagne)

Impression à la demande

Illustration : Marc Dupuy

Argelès-Gazost, vu depuis Hautacam (Hautes Pyrénées)

ISBN : 978-2-3224-6997-0
Dépôt légal : janvier 2023

À Urka

Ceux qui ont vécu enfants à la campagne, le savent : le temps passé avec un décor, un paysage, des lumières, crée — comme avec des êtres — des attachements, des émotions, un enchantement impérissable.

Il y a un continuum entre la **Nature**, les paysages, les cultures et les hommes…

L. D.

*« Le vieux Lakota était un sage : il savait que le cœur de l'homme, éloigné de la **Nature**, devient dur.»*

Mac Luhan.

in "Pieds nus sur la terre sacrée".

L'INCONNU DE LA VERNE

J'étais arrivé très tôt en ce matin d'automne, par une route étroite et sinueuse, laissant derrière moi les paysages paisibles des vignobles mordorés de Collobrières. Je m'élevais dans le massif des Maures, dont les forêts furent travaillées pendant des siècles : il fallait beaucoup de main-d'œuvre pour prélever l'écorce des chênes-lièges et, plus encore, pour ramasser les châtaignes, bien utiles quand la farine venait à manquer. J'avais garé ma voiture au parking désert et m'étais engagé sur le sentier qui longe le monastère de la Verne.

Le temps était doux, le soleil glissait ses rayons entre les branches, constellant le sol de ses éclats dorés. Dans l'air encore frais flottaient des parfums de sève sucrée et de genévriers sauvages. Tandis que le ciel lançait des sagaies de lumière, la forêt m'enveloppait comme une matrice si prégnante qu'il me semblait en faire partie. J'avais prévu un circuit d'environ douze kilomètres qui me permettrait des points de vue variés sur la forêt : rien ne me fascine tant que les plus vieux êtres vivants de la planète comme ces chênes portant le poids des siècles. La lumière était parfaite pour prendre des photos.

Un premier arrêt m'ouvrit une belle perspective sur le lac de la Verne en contrebas. Impossible de résister à l'attrait de cette nappe d'eau nichée dans la verdure. Je décidai de faire un détour. Sur les berges du lac, des légions de chênes-lièges démasclés, aux troncs rouge sang, se projetaient dans le miroir poli de l'eau, avec un éclat et une précision tels qu'on aurait pu confondre les originaux et leurs reflets. De temps à autre, le bruissement d'ailes d'un circaète en quête de nourriture troublait le calme absolu.

J'étais resté longtemps au bord du lac avant de retrouver mon chemin initial et j'avançais d'un bon pas, m'accordant cependant quelques pauses pour goûter une arbouse et photographier cet arbuste capable de présenter au même moment ses petites fleurs blanches et ses fruits dont les nuances varient du jaune au rouge selon le degré de maturité. Une grande bruyère attira mon regard et mérita une prise de vue en gros plan.

Une halte plus longue me permit de profiter d'un panorama sublime : derrière moi, au-dessus du chemin, la forêt avec sa végétation caractéristique des zones acides : arbousiers, bruyères et surtout ces vénérables chênes-lièges aux troncs énormes portant les cicatrices laissées par les écorceurs. Plus au sud, près de la Côte, là où la végétation devient plus rase, là où la lavande à toupet se fraye un passage entre les plaques de schistes, la chaude lumière du ciel bleu contrastait avec les roches rouges plongeant dans la mer argentée. Face à moi, des camaïeux de vert et de bleu : un espace immense dénué de toute trace humaine, uniquement végétal avec, dans le lointain, la mer et le golfe de Saint-Tropez où se répand la vie factice et bruyante de la jet set.

À distance de ce tumulte, je me sentais comme à l'abri au cœur de ce massif d'une indolente beauté et d'une indicible poésie, offrant, dans une solitude grandiose, cette imposante Chartreuse en pierre de Bormes, un peu rosée, brillante. D'un anachronisme paradoxal, ce site sauvage, rempli de lyrisme, n'était troublé que par le chant des oiseaux, le passage d'un sanglier ou, plus discret, d'un chélonien. La civilisation s'était éloignée. Le temps était suspendu.

Je quittais des yeux la mer et l'horizon pour observer la forêt qui dominait le sentier.

Une construction attira mon regard. C'était une sorte de niche en pierre, fermée par une lourde grille de fer. Moi qui pensais que cette nature vivait à l'écart de l'activité humaine, voilà que l'humanité se rappelait à moi ! Je m'approchais et scrutais la cavité sombre sans rien distinguer quand, derrière moi, une voix me fit sursauter.

— Vous regardez notre citerne ! Nous avons bien travaillé, n'est-ce pas ? L'eau est si précieuse ici que nous voulons en récupérer la moindre goutte.

Je me retournais vivement pour détailler mon interlocuteur surgi on ne sait d'où. C'était un bonhomme visiblement très âgé vêtu d'une longue robe blanche recouverte d'une cape foncée. Je reconnus l'habit des moines de Saint Bruno : les Chartreux. Son visage brun et parcheminé, aux contours érodés par la fréquentation permanente de la nature, dessinait un sourire et irradiait d'une lumière intérieure que je ressentis instantanément.

Que diable faisait-il là ? Il y avait longtemps que ces moines avaient déserté la Chartreuse. Ils étaient maintenant remplacés par des moniales de Bethléem qui d'ailleurs ne sortaient pas de leur couvent.

— Vous résidez ici ? demandai-je avec étonnement.

Le vieillard ne répondit pas. Il paraissait préoccupé par la grosse plaque de liège qu'il serrait contre sa poitrine. À la ceinture de son froc, on pouvait voir la hache utilisée par les leveurs de liège.

Je renouvelais ma question, mais elle ne semblait pas l'intéresser. Il parlait tout en serrant contre lui le morceau d'écorce.

— Savez-vous que nous avons fait des travaux importants pour capter plusieurs sources. Pour acheminer l'eau, nous avons même construit un aqueduc. Et les citernes comme celle-là complètent notre approvisionnement.

Il s'était mis en marche et je l'avais suivi, réglant mon pas sur le sien. Il continuait de soliloquer. J'avais renoncé à poser des questions : il les ignorait. Sans doute l'habitude de vivre en ermite était-elle responsable de ce mutisme à mon égard. Mais sa présence restait pour moi un mystère. Tout comme sa façon d'avancer lente et silencieuse alors que mes pas faisaient résonner les cailloux qui scintillaient sur le chemin.

— Cette terre est connue des hommes depuis longtemps, vous savez ! Vous avez vu les menhirs de Lambert ? Ce sont les plus hauts de la région. Regardez cette nature, ces fleurs, ces arbres ! Écoutez ces oiseaux ! Tout ici est propice à la méditation et à la contemplation. Les Chartreuses que notre Ordre a fondées sont dans des sites exceptionnels, mais je crois qu'à celle de la Verne, nous atteignons la perfection.

Nous arrivions dans la châtaigneraie aux arbres centenaires et torturés et je ne pus m'empêcher de penser à cette phrase de Guy de Maupassant : « Certains n'ont plus qu'un tronc formant des creux où dix hommes se cacheraient. Ils ont l'air d'une armée formidable foudroyée, qui monte encore à l'assaut du ciel ».

Discrètement, sans peaufiner mon cadrage, je pris une photo de mon mystérieux interlocuteur. Le vieil homme parlait comme s'il avait été trop longtemps contraint par la règle du silence. La musique de sa voix douce et tranquille m'enveloppait de bien-être quand la cloche du monastère sonna. Étonné, je tendis l'oreille, car ce tintement grave ne correspondait pas à l'appel qui, depuis la restauration de la chartreuse, annonçait l'office.

Le moine s'était arrêté avant de presser le pas en marmonnant :

— Je vais être en retard, je vais être en retard !

La cloche avait recommencé à sonner et j'avais détourné la tête pour mieux écouter. Quand mes yeux se posèrent à nouveau sur le chemin, il était vide : le moine avait disparu.

Heureusement, mon appareil photo était là ! Je repris mon cliché ; l'éclairage était parfait, c'était un très joli chemin, mais il était aussi désert que celui que j'observais devant moi. Le soleil avait-il trop tapé sur mon crâne un peu dégarni ? Avais-je eu des hallucinations ? Je commençais à douter quand mon pied heurta un objet qui traînait sur le sentier. Une grosse plaque de liège gisait là. Je levai la tête : les arbres qui me dominaient étaient tous des châtaigniers ; intrigué, je ramassai l'écorce. Elle ressemblait aux plateaux qu'on utilise dans les restaurants pour servir l'aïoli aux touristes. Je passai la main sur l'extérieur sombre et rugueux avant de le retourner pour apprécier le moelleux et la douceur de l'intérieur du liège. Ma main resta en suspens et mes yeux ébahis fixèrent l'objet.

À l'intérieur de ce morceau d'écorce était gravé un dessin représentant une sphère surmontée d'une croix. Le haut de la croix était entouré de sept étoiles. Je connaissais ce symbole : celui de l'ordre des Chartreux, les sept étoiles symbolisant Saint Bruno et ses six compagnons qui fondèrent cet ordre. Je restai figé au milieu du sentier. Mon regard incrédule allait du liège à l'appareil photo, cherchant une réponse rationnelle à ces mystères. La forêt demeurait muette. Sa beauté et son calme allaient-ils me donner la clef de l'énigme ?

Mais, au fond, avais-je vraiment besoin de savoir ? Une cloche plus douce s'était mise à sonner, les voix des moniales entonnaient l'office du soir…

ULTIME RANDONNÉE

— Tu vas être malheureux ce matin...

Je suis partie rejoindre ceux qui m'ont précédée : Néthou, Dick, Toudy, Schön, Ketty et les autres... Je me suis endormie à cette place que j'affectionnais tant : ce recoin de la porte d'entrée qui me permettait de surveiller toute la propriété.

Mon premier maître s'est vite lassé de moi : il m'a abandonnée là, au milieu de la garrigue, sous le Coudon, petit chiot aux yeux d'or et au pelage miel. Et puis tu es arrivé, tu m'as prise dans tes bras, caressée, cajolée, et j'ai compris que c'était Toi.

Selon ton ami vétérinaire, j'étais métisse de berger allemand et de malamute. Mon côté berger se manifestait dans ma façon de protéger la maison, mais c'étaient mes ancêtres, chiens de traîneau, qui se révélaient dès que tu amenais ce harnais qui allait nous réunir pour des courses mémorables.

La première fois que tu m'as conduite dans tes Pyrénées, j'ai découvert un monde merveilleux. L'air y était plus frais que chez nous en Provence, la nature plus suave, le sol plus riche en humus, fortement imprégné de senteurs animales...

Souviens-toi ! À chacun de nos voyages, j'exprimais ma joie d'y retourner, toujours au même virage : devant l'Hostellerie des 7 Molles, à Sauveterre-de-Comminges, tout près de notre village de Mont de Galié. À cet endroit précis, je ne tenais plus en place : j'aboyais, je griffais le hayon de la Picasso jusqu'à ce que tu me laisses sortir. Je déboulais alors comme une flèche, allais, venais, repartais puis revenais me jeter à tes pieds jappant de bonheur pour te dire :

«Eh ! Tu es chiennement sympa !! Je t'adore !!!»

Tu te souviens de ce jour où nous avons quitté le chalet à la fraîche pour rejoindre la colline de Bernos au-dessus du village ? Dès que tu m'as détachée, j'ai filé comme à mon habitude guidée par mon instinct de chasseresse. Mais cette fois, je n'ai pas couru derrière un lièvre ou un chevreuil : je me suis arrêtée au bord de la falaise, je me suis allongée, gueule au vent, babines frémissantes, et j'ai scruté vers l'horizon ces sommets que nous ne manquerions pas de conquérir. J'étais si bien, attentive au moindre bruissement du vent qui ramenait de la vallée des bribes de voix, des tintements étouffés de clarines et de légers bêlements… Tu étais inquiet et très en colère…

Quand tu m'as retrouvée, j'ai baissé la tête et jeté vers toi un regard humide et suppliant mêlé de crainte, mais aussi de confiance.

Oh ! tu ne t'es pas fâché ; tu t'es penché vers moi et tu as longuement câliné la jolie gueule de ta belle Urka face aux sommets enneigés du Luchonnais.

Tu m'as fait connaître ces montagnes ; nous les avons si souvent parcourues : pic du Gar, Valier, Port de Venasque, Lac d'Oô, pic de Cagire, La Rencluse et j'en passe. Durant ces randonnées qui nous enchantaient tous les deux, j'obéissais parfaitement à tes ordres ; je comprenais tous les mots nécessaires aux déplacements, mais je comprenais aussi les situations. Quand nous descendions un chemin difficile, escarpé, je m'arrêtais, je t'attendais et repartais quand tu arrivais à mon niveau, tout danger écarté. Tu connaissais bien la montagne, mais il t'est arrivé parfois de ne pas retrouver ton itinéraire quand tu voulais faire une variante à notre course. À ce moment-là, ton Urka n'était plus aussi soumise... Je m'obstinais à ne tenir aucun compte de tes ordres pour te tracter de force jusqu'à ce que tu reviennes enfin dans la bonne direction.

Ah ! Tes variantes ! Il en est une qui m'a laissé un souvenir particulièrement pénible.

J'étais pourtant infatigable et menais si fort le train de notre course que les randonneurs que nous croisions te demandaient souvent si je n'étais pas à louer… Mais ce jour-là, pour la première fois, je me suis couchée au milieu du chemin, incapable d'avancer, assoiffée, épuisée. Quelle aventure !

Nous étions partis faire, une fois de plus, le Port de Vénasque : sublime randonnée ! Après le col, tu as décidé d'emprunter un sentier que tu avais découvert lors d'une compétition de trail. Mais tu n'as pas vu l'embranchement vers la gauche et nous avons marché, marché, sans trouver ce chemin qui devait nous ramener à l'Hospice de France. La journée avançait : tu t'obstinais à ne pas faire demi-tour et j'étais incapable de te venir en aide, car ce sentier m'était totalement inconnu. Pas âme qui vive pour nous renseigner, pas une maison à l'horizon et ce sentier qui n'en finissait pas sous un soleil de plomb. Je ne caracolais plus devant toi et mes coussinets commençaient à être douloureux.

Nous avons enfin atteint une route et l'avons suivie jusqu'à un petit village : stupeur ! Nous avions "atterri" dans le Val d'Aran, en Espagne, au-dessus de Bossost, très éloigné de notre véhicule. Tu as appelé un taxi. Quand il m'a vue, il a refusé de nous prendre, mais tu as su te montrer persuasif et nous avons fini par embarquer. Le soleil se couchait au moment où nous avons rejoint la voiture et je n'ai pas oublié les vociférations du chauffeur quand tu lui as donné toute la monnaie de ton portefeuille qui était loin de couvrir le prix de la course...

Malgré mon âge, ma fatigue et mes rhumatismes, tu m'as ramenée une dernière fois dans nos Pyrénées. Nous n'avons pas fait nos balades habituelles, mais j'ai revu le pic du Gar, retrouvé ma superbe niche façon chalet et entendu le brame du cerf qui me faisait hurler comme mes ancêtres nordiques.

Merci pour la belle vie que tu m'as donnée. Nous avions les mêmes goûts pour la nature, les grands espaces, la montagne... Tu sais, tu as été le seul à qui j'ai accepté d'obéir. Chevreuils, marcassins ou faisans ont fait les frais de mon instinct sauvage et mes congénères avaient intérêt à rester à distance. Mais pour toi, mon musher, j'ai muselé mon caractère dominant et je t'ai suivi partout où tu as voulu aller.

Quand tu vas me découvrir, en ce funeste petit matin de printemps, je sais que tu vas être très malheureux. Je sais que tu m'enterreras dans cet enclos de pierres que Valentin et Rémi ont préparé à l'est de la maison, au milieu de la garrigue et des romarins, tout près des sangliers, objets de mes fantasmes les plus fous. Je sais surtout que tu ne m'oublieras pas ; que je garderai la première place dans ton cœur.

En souvenir de moi, il te faut une autre compagne. Ne te vexe pas, mais tu as pris de l'âge et le temps des grandes sorties est passé. Choisis une chienne plus douce et moins fougueuse que moi. Tu te souviens comme j'étais jalouse de ces magnifiques Patous que tu regardais avec beaucoup trop d'insistance à mon goût ? Ils sont mes cousins éloignés : câlins, affectueux, mais redoutables pour la garde. Ils étaient les préférés de Gaston Phébus qui en a parlé dans son Traité de la Chasse.

N'hésite pas, cherche la perle rare ; sans doute sera-t-elle dépaysée, mais tu l'emmèneras dans tes Pyrénées chéries : tu lui raconteras nos aventures...

Adieu mon maître.

RETOUR VERS LE FUTUR

Tom avait pris son temps pour parvenir au village. Dans la vallée, il avait musardé pour s'imprégner du paysage. Rien n'avait changé depuis son enfance : les labours d'automne dessinaient leurs quadrilatères bruns parmi les prés encore verdoyants et les chaumes jaunis. Sur la terre fraîchement retournée, de petits oiseaux gris et blancs sautillaient. Tom avait reconnu les bergeronnettes aux formes graciles, aux mouvements vifs, si familières qu'elles évitaient à peine les roues du tracteur. Puis il avait parcouru cette route étroite et sinueuse et retrouvé les chèvres, les brebis, les ânes et leurs patous protecteurs. Il était enfin arrivé à destination, le cœur gonflé de nostalgie, et avait garé sa voiture devant un portail délabré fermé par une chaîne symbolique.

Il s'approcha et tenta d'apercevoir l'intérieur de la propriété. Les herbes folles lui bouchaient la vue. Il lui sembla déceler un espace dans l'entremêlement des arbustes qui la clôturait. Il glissa la tête puis, peu à peu, sans y prendre garde, pénétra dans le jardin. Il n'avait de jardin que le nom : il ne devait pas avoir été entretenu depuis des années. Au bout de l'allée, le chalet était toujours là, mais dans quel état ! Une onde de tristesse submergea le jeune homme devant l'aspect pitoyable de l'habitation. Il hésita, réfléchit longuement en murmurant :

— Où est-il ? Il était juste à l'entrée...

Il scruta le fouillis d'herbes et de ronces et l'aperçut enfin. Il n'était pas aussi majestueux que dans ses souvenirs, mais il était là ! Vivant ! Ses longues branches avaient besoin d'être taillées, mais, toujours vaillant, il déployait ses grandes feuilles composées semblables à des fougères. Tom avait été tellement heureux de retrouver en Californie ces arbres aux fleurs somptueuses, bleu lavande, bordant l'avenue qu'il habitait. Quelques gousses, fruits de la dernière floraison, se balançaient au gré du vent. Tom caressa le tronc d'un air satisfait. Sans se préoccuper des égratignures, il en dégagea le pied et s'assit, le dos calé sur cet arbre pour lequel il était venu de si loin.

Dans la douceur de cette fin d'après-midi, les yeux mi-clos, il se laissa emporter par ses rêveries : un tourbillon de souvenirs se bousculait dans ce passé pas si ancien, vécu ici, dans ces montagnes. Il lui semblait entendre le rire de son grand-père. Quand Tom arrivait pour les vacances, rituellement, il demandait :

— Alors, Païou, quel est le programme cette année ?

Et les réjouissances s'enchaînaient, invariables, mais toujours étonnantes comme les retrouvailles avec ces merveilles de la nature : les gentianes. Quand il venait en mai, ils allaient débusquer, bien au-dessus du village, ces clochettes printanières tapies dans un écrin d'herbe tendre, exhibant un bleu insolent, unique. Ce bleu électrique, incomparable qui est, peut-être, le plus "bleu" des "bleus" du monde. Ni les iris de Van Gogh, ni les bleus de Matisse n'affichent autant d'audace que cette fleur qui ose porter à son apogée la couleur la plus belle qui soit : celle du ciel et de la mer !

Nulle part ailleurs, Tom n'avait rencontré autant de magnificence…

C'est dans cette période automnale que Païou lui avait légué les coins "secrets" où on était certain de trouver cèpes et girolles. Apercevoir un bolet né de la nuit, encore humide, sortant des feuilles mortes des châtaigniers ou de la fougère, apportait à son grand-père un sentiment démesuré de bonheur. Le champignon se présente toujours dans cette atmosphère magique : il est là, devant soi, apparu tout à coup, défiant vos efforts pour comprendre le processus de sa formation. Il n'était pas là hier soir, il est tout neuf, il est un don offert par le grand maître du hasard. Personne n'a jamais su pourquoi certains chercheurs se montraient meilleurs que d'autres. Païou était de ceux-là.

Nulle part ailleurs, Tom n'avait rencontré autant de mystères...

Il poursuivait sa rêverie... Tout près de lui un grillon se mit à chanter. Païou lui avait appris à les tûter. Il choisit une brindille et, à plat ventre dans l'herbe, il rechercha l'orifice où se cachait le chanteur. Absorbé par son observation, Tom n'entendit pas le grincement de la chaîne du portail ; il sursauta quand une voix irritée s'éleva :

— Vous ne manquez pas de culot ! C'est une propriété privée ici !

Tom se leva immédiatement, l'air confus.

— Je suis désolé ! Je n'ai rien fait de mal. Je voulais juste voir mon arbre.

— Votre arbre ! ? répondit l'inconnu surpris.

— Oui, ce chalet a été construit par mon grand-père il y a longtemps. C'est lui qui a planté cet arbre. Pendant des années je suis venu ici en vacances et je le regardais grandir. Et puis je suis devenu adulte, je suis parti loin... et...

Tom fredonna quelques notes :

Un jour il a fallu gagner, j'ai voyagé, j'ai travaillé, mais je ne l'ai pas oublié, mon arbre ...

L'homme lui sourit :

— Votre histoire me touche...

D'autant que, moi aussi, j'aime les arbres et

que j'étais fan de Gilbert Bécaud ! Je suis le propriétaire des lieux. Mais soyez rassuré : cet arbre — un Jacaranda, n'est-ce pas — restera Votre arbre et mon portail vous sera toujours ouvert pour lui.

Tandis que Tom serrait chaleureusement la main que lui tendait le nouvel ange gardien de ce lieu cher à son cœur, la gorge nouée par l'émotion, il précisa :

— Vous savez, ce Jacaranda a exactement mon âge, jour pour jour. Mon grand-père en a semé la graine dès l'instant de ma naissance. Il l'avait ramenée d'une mission au Maroc.

Avec un dernier signe d'au revoir, il s'approcha de sa voiture en serrant fort contre lui les gousses qu'il avait récupérées dès son arrivée. Tom allait bientôt être papa...

2042

Il pleuvait sur la ville depuis maintenant cinq jours. Le noir avait d'abord gagné le ciel, puis l'horizon s'était bouché ; un rideau était tombé, vertical. Dans un vacarme de ruissellement, l'eau avait tout envahi, tout recouvert comme si elle prenait sa revanche sur la Création. Plus rien n'existait : l'eau et le ciel se faisaient face.

Derrière sa fenêtre, sur la colline dominant la vallée, Luis regardait s'écouler les rigoles boueuses qui emportaient le maigre sol que des mois de sécheresse avaient fragilisé. Il songeait à ces inondations, régulièrement à la une de l'actualité, à ces incendies et à ces longues périodes sans pluies.

Il avait obtenu son diplôme d'ingénieur en deux mille douze. Que de changements en trente ans ! ...

Cette eau, bienfaitrice, ou dévastatrice, faisait depuis longtemps l'objet de toutes les convoitises. Les spéculateurs de tout poil l'avaient transformée en un produit coté en bourse. Les investisseurs internationaux, nouveaux nababs de l'eau, avaient pris le marché en main. Depuis les années trente, on achetait de l'eau et on la revendait à prix d'or ! Cette ressource tellement vitale avait causé tant de guerres, tant de déplacements de population, de famines, d'épidémies...

Il pensa à la COP 31 qui avait été la dernière grande réunion toujours aussi inutile ; elle s'était déroulée à San José, au Costa Rica. Dans le même temps, une tempête tropicale d'une ampleur jamais atteinte avait pris naissance dans le golfe du Mexique : elle était remontée en une parabole tourbillonnante vers l'Amérique du Nord et avait tout ravagé sur son passage. Peu à peu les pays s'étaient repliés sur eux-mêmes et des gouvernements autoritaires avaient pris le pouvoir. Il ne se passait pas un mois sans qu'apparaisse une nouvelle restriction. Depuis longtemps on avait interdit les véhicules diesel puis tous ceux à moteur thermique avant de se rendre compte que l'électrique ne résolvait rien, pas plus que l'hydrogène.

Aujourd'hui, en 2042, il n'était plus autorisé d'avoir un véhicule personnel et tout déplacement privé devait faire l'objet d'une autorisation dûment visée par le Bureau National de Mobilité.

Les prix de l'électricité étaient prohibitifs. Bon gré mal gré, il avait fallu se rationner. Même la télévision était devenue un luxe. Les livres étaient revenus à la mode, surtout les livres anciens que l'on s'échangeait dans des réunions de quartier.

On pouvait s'adapter à tout sauf à la pénurie d'eau. Tous les usages récréatifs ou secondaires avaient été bannis. Les cultures les moins aquavores avaient été privilégiées : l'agriculture « sobre » était de rigueur.

À cinquante-cinq ans, Luis remuait ses souvenirs d'enfance : l'année qui l'avait vu naître relevait de la préhistoire. Effectué quelques années auparavant, le séquençage de son génome lui permettait de connaître, avec des probabilités très sûres, son avenir médical. Et Luis avait la chance d'être particulièrement bien pourvu par la loterie génétique. Ainsi était-il assuré de voir le vingt-deuxième siècle : l'humanité allait-elle poursuivre cette course effrénée à toujours plus de technologie, elle qui, peu à peu, aliénait son essence même ? ...

Le crépitement de l'eau sur les vitres de la véranda le ramena à ce présent diluvien et sa pensée se polarisa sur sa dernière réalisation. Enfin, il allait pouvoir la tester ! Ce lac artificiel souterrain pour lequel il avait tant investi en imagination et en nuits blanches et qui demeurait désespérément vide... Les responsables qui s'étaient laissé convaincre commençaient à lui reprocher cet argent dépensé en vain.

L'idée lui était venue lors d'un congrès sur l'eau au Cap-Vert, l'un des pays les plus arides de la planète. Il avait été séduit par l'ingéniosité des insulaires à constituer des réserves d'eau dans les entrailles de leurs îles, grâce à des galeries et des systèmes sophistiqués de récupération des rares eaux de pluie.

Son projet avait beaucoup mobilisé : politiques, chercheurs, techniciens, financiers … En contrepartie, il devait assurer l'approvisionnement en eau potable de la ville durant la saison sèche. Malgré nombre d'algorithmes qui régentaient les multiples paramètres de la réserve d'eau, les modalités de distribution restaient très artisanales et confiées à un Tribunal Permanent des Eaux.

Luis attendait une accalmie.

Par moments, des bruits sourds, accompagnaient les rafales de vent. Il s'éloigna de la fenêtre et s'aperçut que l'écran mural de communications locales clignotait : son ami Jean cherchait à le joindre. Tandis qu'il appuyait sur la commande, une voix synthétique et nasillarde annonça :

— Les communications privées sont suspendues. Il est interdit de sortir de vos habitations. Les ordres et modalités d'évacuation vous seront donnés en temps utile.

Luis étouffa un juron. Il ne supportait plus cette prise en main de sa vie par des autorités soi-disant omniscientes. Quelques instants plus tard, la voix reprit :

— L'International Climate Board annonce la diminution des précipitations pour dix-sept heures dix-sept, mais vous n'êtes pas autorisés à quitter vos domiciles.

Une clarté soudaine éclaira la pièce : le rideau de pluie était moins épais, les nuages noirs s'éloignaient. Luis enfila son imperméable, ouvrit la porte et se dirigea vers la maison de son ami, levant les yeux par intervalles sur les caméras de surveillance. Il savait bien que son escapade serait repérée et qu'il aurait à en répondre. Mais qu'importe.

Arrivé au domicile de Jean, il s'approcha du système de reconnaissance faciale, entendit son nom prononcé par la centrale domotique, et la porte s'ouvrit. Manifestement, Jean l'attendait.

Personne dans les rues. Ils pressèrent le pas pour atteindre la station qui abritait le dispositif de contrôle du remplissage de la retenue.

Luis se réjouissait de montrer à son ami, pessimiste résigné et catastrophiste invétéré, que le génie humain était capable de surmonter les aléas de la nature, quels qu'ils fussent.

Tandis qu'ils arrivaient à destination, un chuintement assourdissant se fit entendre : une énorme vague de boue et de roches se dirigeait sur eux.

Réfugiés in extremis sur un promontoire, les deux compères fixaient, abasourdis, hébétés, ce magma qui emportait tout sur son passage…

Le silence qui suivit les plongea dans une atmosphère d'apocalypse.

ELLE PORTERA SON NOM ...

Pourquoi avait-il accepté ?

Tout en maintenant solidement la corde d'assurance, Jacques ne cessait de se maudire intérieurement. Ce n'était pourtant pas la première fois que son ami l'entraînait dans une expédition hasardeuse. Le scénario était toujours le même : Pietro lui annonçait qu'il venait d'avoir une idée géniale et lui exposait son dessein ne faisant ressortir que le but de l'aventure sans en préciser les moyens. Et, bon gré mal gré, il se laissait embarquer. Il faut dire que Pietro n'avait pas son pareil pour lui faire miroiter tous les bienfaits qu'ils allaient retirer de leur course. Jacques avait beau lui opposer les difficultés qu'ils allaient devoir affronter, son ami finissait par le convaincre de l'accompagner. Malgré des aventures souvent risquées, ils avaient réussi à surmonter les dangers annoncés et s'en étaient toujours sortis sains et saufs. Peut-être la Providence veillait-elle sur ce duo mal assorti : le « Sage » et le « Casse-cou ».

Certains pratiquent la montagne pour mesurer leurs propres forces, d'autres pour la gloire, d'autres pour le plaisir de la conquête. D'autres encore, pour profiter des beautés de la nature...

Né au pied de cette gigantesque cascade de glace des Bossons semblant tomber du ciel, Jacques était de ceux-là. Il aimait passionnément cette montagne, toile de fond de sa vie. Il voyait en elle un lieu privilégié de sérénité et de plénitude. Dans la pratique, il aimait la sensualité de la roche caressée, le sentiment de sécurité procuré par le geste de planter les crampons dans la glace, la musique produite par le piton qui « chante » quand on l'enfonce à coups de marteau dans une fissure. Il aimait l'immense et angoissante joie de se sentir seul dans le silence infini de la montagne. Il connaissait la terreur que provoquent des centaines de mètres de « gaz » sous des pas incertains. Il avait appris à lire le langage de la nature quand elle s'apprête à déchaîner ses forces.

Ainsi, il savait respecter cette montagne, la craindre, mais, par-dessus tout, l'aimer dans un tourbillon de sentiments plus confus que le chaos originel...

Pietro n'avait une vision que purement sportive de la montagne ; il avait un goût immodéré pour la compétition. Ce qui comptait dans son esprit : la performance ; l'image que l'on va donner aux autres de soi-même en s'affranchissant de toutes les contraintes pourvu que la notoriété soit au rendez-vous...

Il était habité d'une hargne aiguisée par un désir de vengeance et de revanche. Depuis des semaines, il ruminait sa déception et sa colère d'avoir été refusé à la prestigieuse Compagnie de Guides de Chamonix. Il avait son regard noir et gardait obstinément le silence.

Hier soir, il avait appelé Jacques pour lui annoncer qu'ils allaient ouvrir une nouvelle voie dans les Drus, sur la face ouest.

— La voie Bonatti a disparu : maintenant, il y aura la voie Pietro Scala ! Tous les jours, ils en entendront parler à la Compagnie !

— Pourquoi pas… on pourra essayer ce printemps ?

— On démarre demain ! Je ne veux pas me laisser piquer cette première, je ne suis pas le seul à vouloir ouvrir une nouvelle voie.

— Pour une fois, écoute-moi. Une telle aventure doit se préparer avec soin et en fonction de la météo !

Une fois de plus la discussion avait tourné court et, une fois de plus, Jacques avait cédé. Le « Sage » était-il si raisonnable ?

Ils avaient avancé depuis le milieu de la nuit vers cette paroi claire qui balafrait le petit Dru d'une cicatrice encore fraîche. Au pied de cette face, les tonnes de rocher, vestiges de l'effondrement de 2005, rendaient plus menaçant le paysage de ces aiguilles qui font fantasmer tous les alpinistes depuis des années. Elles portent tellement bien leur nom : elles s'élancent comme un pilier qui soutiendrait le ciel…

Les premières longueurs de corde s'étaient avérées faciles, mais, décidément, Jacques ne la sentait pas cette paroi… Chaque prise lui paraissait peu fiable : les rochers n'étaient pas stabilisés et avaient l'air de vouloir s'effriter au premier piton planté. Il leva les yeux et les quelque sept cent mètres de la monstrueuse paroi le narguèrent ; à l'autre bout de la corde, Pietro hésitait et cherchait où arrimer sa main droite.

— Du mou ! lui cria-t-il.

Jacques relâcha un peu la corde tout en observant le ciel. Derrière lui des nuages gris commençaient à bourgeonner. Ils étaient encore loin, mais cela ne lui disait rien qui vaille.

Pietro avait fini par trouver une bonne prise et lui avait fait signe de monter à son tour.

Une autre longueur de corde : la paroi au-dessus d'eux ne semblait pas diminuer tandis que des cumulus étaient en train de s'amonceler noirs et menaçants. Bivouaquer dans cette ascension avec cet orage qui se préparait était une folie. Les pitons accrochés aux sacs faisaient de terribles paratonnerres : Jacques se disait que le mot est vraiment mal choisi : un paratonnerre, ça ne protège pas, ça attire la foudre...

— Tu as vu les nuages ? Il vaudrait peut-être mieux renoncer et attendre une meilleure météo.

— Il n'en est pas question. D'ailleurs, je suis sûr que cet orage n'est pas pour nous, il va s'éloigner vers la plaine.

— J'ai quand même l'impression qu'il vient droit vers ici.

— Tu as toujours été pessimiste. Allez ! envoie du mou ! J'ai de bonnes prises, on va progresser plus vite.

Il n'avait pas terminé sa phrase qu'une grêle de petits rochers se détacha au-dessus d'eux et les frôla dans un crépitement sec. Jacques rentra la tête dans les épaules comme si cette attitude pouvait le protéger réellement d'un choc. Encore une fois, la Providence les accompagna et les rochers achevèrent leur descente avec tous ceux qui avaient déjà chu de cette paroi qui n'en finissait pas de se déliter.

— À ce rythme-là, il ne restera bientôt plus rien des Drus. Alors, à quoi bon ouvrir une nouvelle voie. Sisyphe remontait indéfiniment son rocher, celui-là n'en finit pas de tomber.

La journée avançait et leur progression se fit plus difficile. Il allait falloir installer le bivouac pour essayer de dormir suspendu à cette muraille qui les menaçait tout autant que ces nuages qui, en dépit des prédictions de Pietro, se dirigeaient bel et bien vers eux.

En 1955, Walter Bonatti avait bivouaqué six jours lors de sa conquête en solitaire de cette face ouest. Même s'ils étaient deux, même si le matériel s'était amélioré depuis cette extraordinaire escalade, les dangers étaient identiques, les chutes de pierres plus fréquentes et les orages…

À l'autre bout de la corde, Pietro s'impatienta :

— Qu'est-ce que tu attends pour monter ? Si tu rêves, ce n'est pas le moment. J'ai repéré une petite vire où on va pouvoir se poser, mais elle est encore loin et il faut l'atteindre avant la nuit.

— Moi, ce que j'ai repéré ce sont les nuages qui continuent d'approcher. Il est temps de redescendre. Si l'orage se déchaîne, nous faisons une cible parfaite pour la foudre avec toute la quincaillerie qu'on transporte.

— Arrête de râler et monte ! Tu deviens lourd au propre et au figuré, s'emporta le premier de cordée.

Jacques soupira : impossible de le faire changer d'avis ! Il devait bien se l'avouer, il s'était laissé prendre dans une aventure qui risquait cette fois de leur coûter cher. Il gardait en mémoire les dictons des vieux guides, fruits d'une observation millénaire du ciel : « Quand les nuages vont contre Aoste, rentre chez toi ! »

Ils étaient au premier tiers de cette muraille, et l'orage arrivait sur eux. Pietro balança une bordée de jurons jugeant la progression de Jacques trop lente. Ce n'était pas le moment de désunir la cordée. Bon gré, mal gré, il fallait avancer en espérant on ne savait quel miracle.

— Si on s'en sort, se dit Jacques, je promets de ne plus le suivre aveuglément...

Il rejoignit son compagnon et tenta, une fois de plus, de le convaincre de renoncer. Mais Pietro le stoppa net :

— Inutile de parler, on ne redescendra pas avant d'avoir ouvert une nouvelle voie ! Assure-moi et continuons !

Sans plus attendre, il chercha une prise et poursuivit l'ascension. Tandis que Jacques bloquait la corde , un léger grésillement dans son dos attira son attention. Il tendit l'oreille, mais le bruit avait cessé. Il jeta un coup d'œil furtif aux nuages sombres qui s'accrochaient sur les sommets. Il guetta une lueur de mauvais augure, mais tout semblait figé.

Pendant ce temps Pietro avançait lentement, car les bonnes prises étaient rares tout comme les fissures aptes à accepter des pitons fiables.

Le grésillement dans son dos avait repris ; il n'y avait plus de doute : il entendait les abeilles… L'électricité statique apportée par l'orage interagissait avec le matériel d'escalade accroché à son sac. Il savait bien que, dans ce cas, la seule façon de se protéger de la foudre était de s'éloigner le plus possible de tout ce matériel métallique.

Comme la gueule de l'enfer qui s'annonçait, les épais cumulo-nimbus avaient avalé le paysage environnant et ne laissaient filtrer qu'une lueur blafarde. La paroi luisait, chaque fissure suintait de menace. Le bourdonnement obsédant des insectes invisibles emplissait l'espace.

Une fois de plus, Jacques leva la tête : ce lien de nylon qui les réunissait représentait beaucoup plus qu'un simple procédé d'assurance réciproque. Il concrétisait un pacte de fraternité face au risque — tragiquement ignoré par Pietro — l'union de deux volontés, de deux amitiés tendues vers le même but, pour le meilleur et parfois pour le pire...

Au-dessus de lui, comme une araignée dérisoire, Pietro agitait la main à la recherche de cette prise qui devait les mener à la gloire ou... ad patres.

Et alors l'orage éclata...

NAÎTRE OU NE PAS ÊTRE...

Il était né dans les Pyrénées, dans un village près de Luchon. Sa famille avait toujours vécu là. Ses parents ne s'évadaient que par la lecture, en particulier celle de Giono. C'est pourquoi on l'avait baptisé Janet. Ah ! Ce prénom ! Il lui en avait attiré des ricanements et des moqueries... Mais il lui avait aussi donné envie de savoir pourquoi on le lui avait donné. Il avait donc découvert la Provence : celle des livres de Daudet et de Giono. Puis celle des films de Pagnol. Il les avait tous lus et relus, tous vus et revus. Les années avaient passé ; il avait dû quitter ses Pyrénées pour travailler à Paris. Là, il avait été confronté à une autre image de la Provence, faite de clichés et d'histoires marseillaises... Pour ceux du Nord, cette région représentait les vacances, la mer et le soleil, tandis que le provençal n'était qu'un adepte du farniente, de la pétanque et du pastis. Cette image était si loin de celle de ses lectures qu'il avait voulu aller voir de plus près. Il avait choisi d'y vivre, car en vacances, on reste trop dans l'écume de la réalité. Il s'était donc installé sur les collines au-dessus de la mer dans une propriété en friche depuis longtemps.

Cela faisait près de vingt ans qu'il habitait là. Il avait peu à peu apprivoisé cette terre aride, libéré les oliviers centenaires de la végétation qui les étouffait, dégagé les restanques. Il avait trouvé dans ce lieu ce qu'il aimait par-dessus tout : le soleil et le ciel bleu, « entièrement bleu ; un bleu triomphal, sans rival, qui tartine l'azur à l'infini et agit sur les yeux comme un collyre de plaisir… »

Il avait fait connaissance avec le Mistral qui fait la toilette du ciel, mais fait aussi chuter la température ; et il avait compris pourquoi ses voisins étaient si chaudement vêtus quand ce vent du Nord commençait sa colère de trois, six ou neuf jours d'affilée selon les anciens.

Il avait découvert ces végétaux d'un genre nouveau : ici pas de ronces, mais de la salsepareille qui dévore les murs dès qu'on la laisse libre. Il avait lutté contre le chêne kermès qui recouvrait le sol d'un tapis dense et piquant et qu'il fallait couper, couper sans cesse si on ne voulait pas le voir tout envahir.

Il avait constaté avec étonnement qu'ici, les végétaux pouvaient brûler même verts et avait compris la crainte viscérale du feu que connaissaient tous ses voisins.

Mais surtout, il avait rencontré les gens.

Lui, le Pyrénéen réservé, peu loquace, avait découvert le plaisir de la parole. La passion du verbe des habitants l'émerveillait. Il ne comptait plus le nombre de fois où un passant s'était arrêté pour lui proposer de lui traduire la citation en provençal sur la fontaine qu'il admirait, ou ces inconnus prêts à remuer ciel et terre pour lui donner ce renseignement qu'il leur avait demandé. Il aimait leur goût pour les expressions imagées : « Il m'embrasse, mais il n'y a pas l'amitié… »

Bien des clichés sur les Provençaux avaient péri dans ces rencontres au fil des ans.

La vie en Provence aujourd'hui était moins difficile que celle de Panturle, mais elle n'était pas non plus uniquement consacrée au jeu de boules sous les micocouliers, au pastis ou aux galéjades…

Son plus proche voisin, Christian, était murailleur de son état. C'est-à-dire qu'il construisait ou réparait ces murs en pierres sèches qui courent à travers les collines. Pendant des siècles, les hommes les avaient montés en regroupant les pierres qui poussaient mieux que les céréales… Ils avaient, patiemment, apporté de la terre pour créer des terrasses et y produire des légumes « sobres » comme les pois chiches ou les lentilles ; y planter des figuiers, des arbousiers, des amandiers…

Mais d'abord, pour y cultiver des oliviers au feuillage vert argent, dont Renoir ne cessait de s'émerveiller : « Ça brille comme du diamant… et le bleu du ciel qui joue à travers, c'est à vous rendre fou… » Arbres de symbole et de légendes dont le tronc tordu raconte l'histoire de la méditerranée.

Et puis ils avaient agrémenté ces murs de ces magnifiques arbustes, les capriers, aux fleurs incomparables : bouquets d'étamines roses s'éparpillant d'une corolle de nacre.

Janet n'avait pas oublié les montagnes de son enfance, mais, depuis la disparition de ses parents, il y faisait des séjours de plus en plus courts et avait hâte de retrouver les senteurs de garrigue et l'immensité de la mer comme horizon. Quand il partait, très vite, il éprouvait l'urgence de revenir…

Serait-il devenu provençal ?

Il n'osait l'imaginer, fasciné qu'il était par ce pays singulier baigné par cette Mare nostrum, berceau de civilisations qu'on a scrupule à énumérer tant elles sont connues : L'Égypte, la Grèce, Rome, Byzance...

Et que signifiait « être provençal » ? Ce pays qui, depuis des millénaires, ne cessait d'échanger et de transmettre, de donner et de recevoir, qui avait vu tant de vagues invasives ou migratoires : avait-il encore une réalité ou, comme beaucoup de régions, était-il en train de se dissoudre dans la mondialisation ?

Qu'étaient devenues toutes ces strates successives de Phéniciens, Romains, Italiens et tant d'autres ? L'étranger d'aujourd'hui était-il « soluble » dans l'identité provençale ou devait-on avoir ses « quartiers de noblesse » pour en revendiquer l'appartenance ?

Ce problème prenait soudain une telle intensité qu'il fallait qu'il en parle à Christian.

Ils avaient aménagé, à la limite de leurs propriétés, un banc rustique bien abrité sous un gros chêne vert. Un demi-tronc de pin lessivé par les pluies printanières, posé sur deux rondins et traité pour résister aux parasites : lieu idéal pour de longues discussions quand le soleil était trop brûlant. Il avait entendu la débroussailleuse et savait donc que son voisin était dans son jardin.

La machine s'était tue. Il appela :

— Christian ! Tu es là ?

— Eh ! Janet ! Ça fait longtemps que je ne t'ai vu ! Tu as fini avec tes oliviers ?

— J'ai taillé ceux du haut, il me reste tous les autres. Viens , je voudrais te parler de quelque chose qui me tracasse.

Christian était toujours prêt pour quelques instants de conversation. Il ouvrit le petit portail entre leurs jardins et vint le rejoindre sur leur banc.

Les yeux fixés sur l'horizon, là où le bleu du ciel s'unit à celui de la mer, Janet demanda :

— Cela fait près de vingt ans que je suis ton voisin. Je reste un immigré, ou je suis devenu provençal ? Qu'est-ce que tu en penses ?

— Être provençal ! C'est une question que je me suis souvent posée. Certains le sont plus que d'autres : Mistral, Giono, Cézanne, Daudet, Pagnol… Est-ce qu'il suffit de naître ici ? Je n'en suis pas sûr. J'ai vu tant de gens, nés sur cette terre qui se contentaient de jouer avec les traditions. Il ne suffit pas de faire le cacho-fio ou de consommer la pompe à l'huile pour s'affirmer provençal. C'est la terre qui fait l'homme : de cette terre il puise son caractère. Un Arlaten est différent d'un Nyonsais ou d'un Hyérois. Cette terre de Provence est tellement diverse ! Ici, elle est pauvre et caillouteuse alors que, plus bas, les plaines fertiles ont porté tant de blé… Finalement, à quoi bon se poser la question ? Je pense souvent à ce que dit notre ami, Daniel, immigré espagnol.

— Tu veux dire Daniel Herrero ?

— Bien sûr. Pour lui, et j'en conviens, « ce pays n'est ni une nation, ni une patrie : c'est une idée. L'idée d'un espace sans frontière qui parle au cœur plus qu'à la raison, plus vaste qu'un hémisphère, plus bigarré qu'une tour de Babel... »

Et toi, mon Janet, tu es venu ici et tu as mis tes pas dans ceux de tes prédécesseurs. Ils sont certainement fiers de toi et disposés à te reconnaître. Tu sais, je t'ai observé quand tu t'es installé. Je t'ai vu découvrir cet environnement si différent du tien. J'ai souri quand tu as du gazon. Du gazon ! ... Parisien, vaï ! ... J'ai pesté parce que tu dépensais notre eau pour arroser sans cesse tes malheureux brins d'herbe. Notre eau est si précieuse que, pour la vénérer, chaque village lui construit un écrin sous forme de fontaine.

Heureusement, je t'ai vu te résigner quand tu as constaté que notre colline était capable de reverdir à la moindre pluie, même en automne.

Tu as découvert les oliviers, tu les as longuement observés avant de les tailler en les respectant et ils t'ont bien récompensé.

Et puis, tu as restauré tes restanques centenaires. Tu as appris à les remonter en leur donnant le fruit nécessaire. Tu as manipulé tant de pierres que tes mains en gardent les stigmates. Tu as redonné vie à ce vallon resté à l'abandon.

Tu es des nôtres va ! ... Ton cœur est devenu provençal et ton prénom te prédestinait à venir nous rejoindre. Et tu as eu raison : quand le bon Dieu en vient à douter du monde, il se rappelle qu'il a créé la Provence...

Mais... comment te dire ? ...

— Oui ? ...

— Eh bien, il y aura toujours un petit détail qui clochera…

— Mon arrivée ici est trop récente ?

— Que non ! Vingt ans c'est bien ! Tu es bien enraciné maintenant. Sauf que ton accent et ta façon de parler trahiront toujours tes Pyrénées : personne n'est parfait… Notre langue si riche en images ne peut pas s'apprendre. D'ailleurs je te suis reconnaissant de ne pas chercher à t'approprier nos belles expressions comme le font certains nouveaux arrivants.

Tu connais bien ce pays et, dans quelques années, tu finiras par apprécier le Mistral, en gardant dans ta voix un zeste de vent d'Autan…

LE BONHEUR ESQUISSÉ.

Marie et Jean s'étaient connus au lycée, en terminale, puis ils avaient emprunté des filières très différentes sans jamais se quitter. Marie, l'artiste, la rêveuse, avait été admise aux Beaux-Arts sans vraiment savoir ce qu'elle voulait faire ensuite. Elle aimait les musées, la musique, la peinture, la lecture et dessinait avec rigueur et précision. Jean, plus terre à terre, avait fait des études de géologie. Jeune, il avait été impressionné par les ouvrages d'Haroun Tazieff décrivant les entrailles de la

Terre, et par les récits d'Horace Bénédict de Saussure gravissant les plus hauts sommets d'Europe dont le Mont-Blanc... Il ne rêvait que de pays lointains et attendait avec impatience l'opportunité de quitter la France. Marie, elle aussi, voulait changer d'horizon, à condition que ce soit avec Jean. Leurs souhaits s'étaient rapidement réalisés. Sitôt marié, Jean était allé voir si les roches et les paysages à l'autre bout du monde étaient aussi beaux que ceux décrits dans ses livres d'étudiant. Marie ne se lassait pas des histoires de son mari lui racontant notre planète depuis le big-bang jusqu'à l'anthropocène. Il était capable de lui faire vivre, sans presque aucune image, la surrection des Alpes ou le grand plissement hercynien, tout comme l'épopée « wagnérienne » de la dérive des continents...

Ils avaient débuté par un séjour de deux ans au Costa Rica. Puis les affectations s'étaient succédé : Thaïlande, Maroc, Népal, Afrique du Sud, États-Unis... Ils ne comptaient plus les déménagements. Deux ans dans un pays, puis ils changeaient de continent, de langue, et découvraient un autre monde. Ils revenaient régulièrement en France sans jamais poser leurs valises et n'avaient jamais choisi de port d'attache : ils préféraient louer, chaque fois à un endroit différent, avec un penchant pour le ciel bleu de la côte méditerranéenne. Éternels nomades, leur vie s'écoulait dans un émerveillement permanent.

Marie remplissait des carnets de croquis de leurs découvertes, avec, dans un coin de la tête, l'intention de les transformer en tableaux... plus tard. Les années avaient passé, riches de rencontres. Peu à peu, le désir d'un point fixe en France avait surgi jusqu'à devenir une nécessité. Ils aimaient trop les pays chauds et les grands horizons pour revenir vers la région de leur enfance. Ils avaient donc sollicité les agences immobilières des bords de la Méditerranée, mais rien de ce qui leur était proposé ne faisait battre leur cœur. Après une nouvelle visite sans intérêt, ils déjeunaient dans un petit restaurant au bord d'une crique couleur lagon, en évoquant cet introuvable lieu où ils finiraient leurs jours quand cesseraient leurs pérégrinations. Marie avait une idée bien précise de cet endroit. Elle avait ouvert son sac pour saisir son carnet de dessin. Exceptionnellement, le carnet en était absent. La nappe en papier qui protégeait la table s'était avérée un support parfait et elle avait entrepris d'esquisser cette maison et son environnement dont elle rêvait, ponctuant ses coups de crayon d'explications détaillées. Quand elle s'était arrêtée de dessiner, elle avait aussi cessé de parler pour observer son croquis. Avec un sourire satisfait, elle avait décrété :

— Ah ! C'est exactement l'endroit où j'aimerais vivre.

Jean avait regardé l'œuvre et confirmé que le projet avait sa totale approbation. L'addition réglée, au moment de quitter le restaurant, Marie avait récupéré la partie de la nappe qui portait son dessin et, de retour à l'appartement, elle avait collé le morceau de papier légèrement gaufré sur son dernier cahier. Celui-ci avait plus tard rejoint tous ceux qui s'entassaient dans une malle qui leur était réservée. Ce précieux réceptacle contenait la trace de tous les sites qui les avaient émus, car Marie n'aimait pas les photographies : elle disait que ses dessins reflétaient mieux que les photos les sentiments éprouvés devant les merveilles de la nature. Jean n'était pas exactement de son avis et profitait souvent des moments où elle dessinait pour la photographier avec, en toile de fond, le paysage qu'elle croquait. Quand la malle avait été pleine, ils avaient loué un petit garde-meuble pour la mettre en lieu sûr avec les nombreux souvenirs ramenés de leurs différentes résidences, en attendant de pouvoir installer tout ce bric-à-brac dans cette maison dont ils rêvaient, mais qui s'avérait si difficile à dénicher. Car Jean conservait, lui aussi, de précieux souvenirs : pierres, minéraux, cailloux, fossiles récoltés au gré de ses nombreuses prospections. Il les avait classés en fonction de leur couleur suivant les conseils des moines rencontrés au

Népal : le rouge de l'incarnation pour l'agate et le rubis, le bleu de la communication pour la turquoise ou le larimar, le violet et son mot-clé, « l'âme », pour l'améthyste…

À chacun de leurs retours au pays, ils répétaient leur quête, mais tout ce qu'on leur proposait leur paraissait horriblement banal. Plus la retraite approchait, plus leurs recherches prenaient un caractère d'urgence. Il n'était pas question d'acheter n'importe quelle demeure, si bien qu'ils étaient prêts à renoncer et à occuper la maison dont Jean avait hérité. Ils avaient accepté une dernière visite sans grande conviction. Le chemin pour retrouver l'agent immobilier serpentait dans la forêt. Il était juste carrossable et ne semblait mener nulle part. Tout au bout, un antique portail fermait la propriété. Leur interlocuteur les attendait ; et ils étaient entrés. Un sentier cailloueux amenait à une vieille bastide entourée d'oliviers centenaires. Un fouillis d'arbustes et de fleurs sauvages recouvrait l'espace. Près de la bâtisse, ils avaient découvert un paysage que le chemin d'accès n'aurait jamais permis d'imaginer. De ce vallon niché dans la colline, on dominait la plaine en contrebas et la mer à l'infini. Ce panorama les avait laissés sans voix. Puis ils s'étaient retournés pour observer la maison. Le sentiment d'être enfin arrivés au port les avait saisis tous les deux. Devant leur mutisme, l'agent immobilier s'était inquiété. La propriété cumulait nombre d'inconvénients : pas d'eau sauf un puits, pas d'électricité, et un accès plus que précaire.

— Elle ne vous convient pas ? Il est vrai qu'il y aura pas mal de travaux, mais on peut négocier le prix demandé…

Ils s'étaient consultés du regard avant de répondre à l'unisson :

— Elle nous plaît beaucoup !

— Et nous sommes prêts à en accepter les désagréments, avait ajouté Jean.

Ils avaient très vite signé tous les documents et entrepris quelques aménagements avant leur ultime départ au loin : leur dernière année avant de s'établir définitivement dans cette demeure.

L'impression curieuse que cet endroit les attendait depuis toujours ne les quittait pas.

Enfin vint le moment de la retraite. La maison était habitable, mais le confort était sommaire. Le lieu incitait Marie à reprendre ses pinceaux. Un espace entre deux grands chênes verts s'avérait idéal pour installer un atelier. Un artisan local avait rapidement bâti un petit chalet de bois et la précieuse malle qui contenait les carnets de croquis avait trouvé sa place. Pendant que Jean se confrontait au fouillis végétal qui cachait les restanques de pierre sèche, Marie ouvrit la malle. Au hasard, elle feuilleta un des carnets.

Elle fixa avec étonnement un morceau de papier blanc déchiré d'une nappe des années auparavant. La maison de ses rêves était là, devant ses yeux : celle où ils finiraient leurs jours…

LE SENTIER INTERDIT

Encore une chaude journée qui se prépare... pense Sylvio Cade, le garde forestier, en refermant la portière de sa voiture qu'il vient de garer sur le parking des Oursinières. Le jour se lève et la douceur du petit matin va bientôt faire place à la chaleur accablante de ce début juin. Signe d'une température élevée, quelques cigales assouplissent leurs cymbales dans les grands pins d'Alep de la forêt de la Colle Noire proche de Toulon.

Cette tournée est indispensable. Il n'a pas beaucoup plu durant le printemps. Un léger vent d'est souffle et on annonce son renforcement. La sécheresse se fait déjà sentir et les touristes oublient vite les consignes de sécurité les plus élémentaires. Le monde méditerranéen est bien étranger à ces « nordistes » qui ne voient ici que le soleil dont ils sont tellement privés.

Cet écrin de verdure a été touché par un incendie en 2005 ; il commence à peine à s'en remettre : on observe çà et là de jeunes pousses de pins, une bruyère d'un beau vert tendre et des chênes-lièges qui repartent avec énergie tandis que les chênes kermès, toujours prompts à coloniser les espaces brûlés, recouvrent le sol d'un piquant tapis vert sombre. Sylvio vérifie dans son sac à dos la présence d'une grande bouteille d'eau et du sandwich qu'il a préparé avec soin. Il pense à sa pause déjeuner prévue face à la mer dans un coin qu'il affectionne. Il compte aussi profiter de cet arrêt pour réfléchir au ramassage des détritus qu'il organise régulièrement pour sensibiliser les lycéens à la protection de cette forêt. Il soupire en songeant à la difficulté de cette tâche : ces jeunes pleins de bonne volonté oublient bien vite leurs bonnes résolutions sur les économies d'énergie ou la préservation de la nature au profit du dernier smartphone dévoreur de matière première, ou du maxi-burger de l'enseigne bien connue... Ce qui ne les empêche pas de manifester en séchant l'école tous les vendredis pour « sauver la planète » suivant aveuglément l'exemple et les sermons de cette jeune

Suédoise qui s'autorise à faire la leçon à ses aînés !

— Le monde est fou ! et l'être humain n'est pas à une incohérence près, murmure le forestier.

Il vérifie une dernière fois son sac orné du portrait de la Kenyanne Wangari Maathai, prix Nobel de la paix, connue comme « Celle qui plante des arbres » ; il enfile les bretelles de sa besace puis inspire à pleins poumons ce mélange d'air iodé et de senteurs de maquis avant de se diriger plein est face au soleil. Le sable du sentier crisse sous ses pas et le vent marin agite doucement les branches des pistachiers lentisques qui bordent le chemin. De grands pins tordus penchent leurs bras décharnés au-dessus de la falaise qui surplombe une petite crique à l'eau turquoise que l'on ne peut atteindre que par la mer.

Chemin faisant, il constate que les branches d'un certain nombre d'arbustes ont été brisées. Il s'arrête pour observer les dégâts de plus près : les dernières fleurs des lentisques ont été vandalisées.

— Encore des Parisiens qui ne comprennent pas que ces végétaux ne résistent pas à la cueillette.

Une bruyère attire son regard. Quelques rameaux fleuris pendent lamentablement ; ils ont visiblement été trop difficiles à couper. L'arbousier voisin a été épargné ; ses branches à l'écorce crevassée ne portent ni fleurs ni fruits en cette saison.

Sylvio continue son inspection en pestant contre ces hurluberlus qui ne respectent rien.

Le cri aigu d'un aigle de Bonelli lui fait lever la tête et il observe avec délice le vol majestueux du rapace qui joue avec les courants ascendants.

À proximité de la mine de Cap Garonne, il constate que des cailloux ont été déplacés et installés pour dessiner vaguement un cœur écrasant des touffes de thym et de romarin. Devant un tel enfantillage, il esquisse un sourire apitoyé et poursuit sa route.

C'est en arrivant au niveau du tronçon fermé au public qu'il perçoit des éclats de rire. Depuis l'incendie de 2005, personne ne doit emprunter cette partie du sentier afin de favoriser la régénération naturelle de la zone. Pourtant c'est bien de là que provient le bruit de voix qu'il entend distinctement. Il sent la colère le gagner : il doit se calmer, car son chef lui a bien recommandé d'être pédagogique avant de verbaliser en dernier recours.

— Pédagogique ! Je leur botterais bien le train pour leur apprendre à respecter les interdits !

Sylvio perçoit maintenant une odeur qui augmente sa rage : ils ont allumé du feu !

Enfin, il les découvre : deux jeunes couples vêtus de tenues bariolées, assis en tailleur autour d'un foyer sur lequel grillent des carrés blanchâtres ressemblant à des guimauves.

L'une des femmes lui tend sa brochette improvisée :

— Un peu de tofu ? Il est parfumé au romarin…

— Éteignez-moi ça tout de suite !

vocifère le garde en se débarrassant de son sac pour saisir sa bouteille d'eau et noyer le barbecue interdit. Mais à cet instant, une saute de vent imprévue fait voltiger une braise qui enflamme aussitôt la végétation alentour.

— Étouffez le feux, leur crie Sylvio qui, joignant le geste à la parole, tente de piétiner les flammes naissantes.

Fascinés, ils fixent d'un air incrédule le brasier qui crépite.

Il faut agir vite. Prévenir les pompiers puis mettre ces quatre imbéciles à l'abri. Le vent tourbillonnant n'incite pas Sylvio à les ramener par le sentier : ils courent le risque d'être piégés si cela empire. Ils empruntent un chemin escarpé qui descend directement vers une petite plage. La progression est difficile : les jeunes ne sont pas très sportifs. Ils parviennent enfin sur la plage au moment où un hélicoptère bombardier d'eau les survole et lâche sa cargaison sur la végétation en feu tandis que les pompiers terminent le travail. Plus de peur que de mal...

Sylvio sent remonter sa colère contre ces inconscients qui ont mis leur vie en danger et pris le risque de détruire le fragile équilibre de cette forêt.

— Vous avez vu !! Il faut être débile pour faire ainsi du feu !

— Mais nous pensions qu'il n'y avait pas de danger, tout était bien vert, finit par murmurer l'une des filles.

— Oui ! Mais ici la végétation ne réagit pas comme en région parisienne. Pourquoi croyez-vous qu'il y a autant de parfums dans notre forêt ? Parce que la plupart des végétaux produisent des essences très inflammables. De toute façon, il est interdit de faire du feu en toute saison, s'emporte-t-il. Toute l'année, hiver, été, par tous les temps je fais la guerre aux délinquants de votre acabit. Mais vous, c'est le bouquet ! Allumer du feu en pleine forêt avec le vent qui se lève ! Vous auriez pu y griller si je n'étais pas arrivé.

— Nous voulions juste profiter de la nature, être en harmonie avec elle. Elle nous a offert ses fleurs et ses parfums, ajoute une des jeunes en montrant les branches de romarin qui ornent sa chevelure.

— En harmonie ! ... Il suffit de marcher et de scruter toutes ces nuances de vert sur le fond bleu du ciel ; de regarder le vert sombre des yeuses, de chercher les chênes blancs qui hélas commencent à se faire rares, de sentir l'effluve du thym dont on vient de frôler une touffe... Il suffit de s'asseoir et de sortir le casse-croûte en prenant soin de ramasser tous ses déchets.

Il ouvre son sac et déballe avec gourmandise sa baguette généreusement tartinée de rillettes. Malgré le vent marin, l'odeur du sandwich est perceptible et provoque un mouvement de recul des quatre touristes qui écoutaient sans mot dire.

— Eh oui ! Je ne suis pas végan, mais je protège ma forêt, moi !

À cet instant, le téléphone du garde signale un appel. La sécurité civile fait le point avec lui. Le feu est éteint, mais il faut ramener les quatre imprudents. Sylvio ne souhaite pas emprunter le chemin pris pour atteindre la plage. Il se tourne vers ses « compagnons » :

— La Sécurité civile va nous envoyer un Zodiac.

— Et où allez-vous nous laisser ? Parce que... nous avons notre voiture aux Oursinières. Entre parenthèses, nous avons cherché en vain une borne pour la recharger.

— Vous ne manquez pas d'air, s'étrangle le garde ! Il faut aussi devenir taxi après avoir joué le rôle d'ange gardien ! De toute façon, ne vous inquiétez pas : je ne vais pas vous lâcher. J'ai fait de la pédagogie, comme mon chef me l'a demandé. Maintenant... je vais faire de la répression. Quand vous aurez réglé toutes les infractions commises, vous pourrez regagner votre véhicule.

En cette fin d'après-midi, les rayons du soleil moins ardents et la brise marine viennent à point nommé adoucir l'atmosphère devenue par trop électrique. Le regard courroucé, le forestier-philosophe scrute l'horizon comme pour y chercher sagesse et réconfort ; mais il ne peut s'empêcher de marmonner :

— Du tofu ! La nature… en harmonie… !

Le voilà bien le problème : fantasmes et inconscience de ces écolos, marionnettes, prisonniers de leur ghetto naturaliste, idéologique et dogmatique…

Puis, se retournant brusquement et levant la tête vers ses amis les arbres, il songe combien il a besoin de cette forêt pour réapprendre la patience et le temps long : ici chaque moment de bonheur se gagne dans le rythme ancestral des gestes les plus simples. Ici, on épouser a cadence des saisons qui transforme la nature au fil des jours.

Sur sa gauche, à flanc de coteaux, les terres sèches frappent de loin par leur nudité : paysage sévère un instant égayé par le vol saccadé d'un goéland argenté en quête de l'âme sœur.

TAÏGA

Cela faisait des jours qu'il l'observait de loin.

Son allure, son attitude, tout chez elle l'attirait. Max cherchait à comprendre pourquoi elle était seule dans cette zone de montagne peu hospitalière. Elle lui rappelait sa mère qui lui avait si bien appris la vie en le guidant, sans en avoir l'air. Elle agissait de la même façon avec les deux jeunes qui l'accompagnaient : ils jouaient avec insouciance, mais elle ne les quittait pas du regard prête à intervenir en cas de danger. Il guettait chacun de ses gestes en prenant bien soin de ne pas être vu. Il lui avait donné un nom qui lui faisait penser aux vastes espaces du nord de la Russie : Taïga !

Max était né dans cette vallée de la Tinée, et son enfance avait été bercée par les histoires que lui racontait sa grand-mère. Il était connu comme un garçon sans problème, un brin « citadin », mais maîtrisant les moindres secrets de la nature, comme si elle les lui avait soufflés à l'oreille. Son amour des bêtes avait aboli chez lui toute vanité, si bien qu'il manifestait une légère tendance à la naïveté. Son seul défaut révélait un caractère entier qui pouvait le rendre têtu comme un mouflon. Brillant élève, il avait intégré l'École Normale

Supérieure avant de s'apercevoir que la vie parisienne n'était pas faite pour lui. Abandonnant un avenir supposé glorieux, il avait réussi le concours de professeur des écoles et était revenu dans son Mercantour. Par amour de la faune et des espaces sauvages, il avait postulé pour être lieutenant de louvèterie et avait ensuite rejoint le Groupe Loup créé par l'Office National de la Chasse. Ainsi passait-il tous ses moments de liberté à courir la montagne à la recherche du grand carnassier.

Leur première rencontre avait été mouvementée. À proximité du nouveau sentier qu'il venait d'emprunter, deux boules de poils sombres avaient jailli d'une cavité. À peine capables de tenir sur leurs pattes, elles avaient chuté et roulé devant lui, animées de petits cris apeurés. Max regardait, interloqué, ce qui ressemblait à des louveteaux, tandis qu'un bruit sourd lui avait fait relever la tête. Planté sur la falaise surplombant la tanière, le loup fixait l'homme de toute l'intensité de ses yeux. Max eut un choc en croisant les iris du fauve : mélange de blanc neige et de bleu cobalt. Sa gueule s'ouvrit sur un grognement sourd, menaçant, et il eut l'impression de voir luire chacun de ses crocs. Le fauve bondit et se dirigea droit vers lui dont la pensée chancela. Le loup s'arrêta net à la hauteur des boules de poils et s'interposa entre eux et le jeune homme. Il se ramassa sur lui-même, puis se désintéressa de lui pour s'occuper de sa progéniture. À l'évidence, ce loup était une louve. Elle se coucha sur le flanc. Aussitôt, les louveteaux enfouirent leur museau dans la fourrure plus claire de son ventre et se mirent à téter goulûment. Max, subjugué, n'arrivait pas à se défaire de ce spectacle à la fois unique et attendrissant. Il se régalait de cette tranche de vie, inconscient du sourire béat qui lui traversait le visage. De son côté, la louve, tout en nourrissant ses petits, continuait de fixer le jeune homme. Dans l'intensité presque insoutenable de ses yeux d'ambre, on pouvait lire un mélange d'innocence et de défi. Et Max était resté là, incapable de quitter les lieux bien après que la louve et ses petits eurent regagné leur tanière.

Les jours passant, cette rencontre devint une habitude. Chaque sortie dans le cadre de son activité de louvetier le ramenait vers le bosquet où les petits grandissaient au pied du mont Mounier.

Un matin, très tôt, juste après le hameau de Vignols, proche du village de Roubion, il aperçut Enzo le berger. L'air furieux du vieil homme figea net le sourire de Max. Ce n'était visiblement pas le moment de plaisanter.

— Bonjour Enzo ! tu as des problèmes ?

— Ah ! Tu arrives bien toi ! Tes protégés ont encore frappé et m'ont tué deux agneaux. Je te préviens ! Si vous n'intervenez pas, moi je vais agir ! Que ce soit autorisé ou pas. Je sortirai le fusil et je ne les raterai pas !

— Ne fais pas de bêtise... Remplis la déclaration et tes agneaux te seront remboursés.

— Je n'en ai que faire de ta déclaration. Je n'élève pas des brebis pour les offrir en pâture aux loups ! Dieu merci, hier j'ai vu un gros mâle écrasé par des pierres dans un couloir d'avalanche !

— Voilà qui pourrait être une explication, dit Max à mi-voix.

— Une explication à quoi ? À la mort de mes agneaux ?

— Non. À cette louve solitaire avec ses deux petits.

— Ton histoire ne m'intéresse pas ! Ce que je veux, et je ne suis pas le seul : qu'on nous débarrasse de ces sales bêtes. Quel est le crétin à Paris qui a décidé de les remettre ?

— Personne ne les a réintroduits. Ce n'est pas du tout le même problème que celui de l'ours des Pyrénées. Les loups n'ont jamais disparu totalement en Italie. La structure des meutes fait que, parfois, des jeunes s'en écartent et vont plus loin fonder de nouvelles familles. Ils ne savent pas lire... Ceux des

Abruzzes n'ont pas vu les panneaux « Parc National du Mercantour » ni la frontière et ils sont venus ici. Peu à peu, ils gagnent d'autres territoires : le Queyras, le Vercors, l'Ubaye, la Haute Maurienne, Canjuers dans le Var... Et je pense qu'ils ne s'arrêteront pas. Les loups italiens finiront par faire la jonction avec ceux d'Espagne où on en compte plus de deux mille.

— Et nous les bergers nous devrons leur laisser la place ! Ne compte pas sur moi ! Si j'ai une autre attaque, je l'attendrai et je l'aurai.

Enzo tourna les talons et s'éloigna.

Max reprit sa route en ressassant les dernières paroles d'Enzo. Les louveteaux commençaient à consommer une alimentation carnée. Il avait vu Taïga leur apporter des mulots ou des campagnols.

Enzo avait parlé de deux agneaux : il ne serait pas étonnant que la louve soit la cause de cette disparition. Un cas de conscience se posait au louvetier. Sa mission était de réguler le nombre de prédateurs en organisant des battues. Il ne pouvait pas imaginer une opération de chasse destinée à éliminer Taïga. Mais il ne pouvait pas non plus la faire fuir pour un nouveau territoire : les visites qu'il rendait régulièrement au trio lui manqueraient cruellement.

Il était fier d'exercer cette mission de rétablissement du pacte antique des bêtes et des hommes : les unes vaquent à leur survie, les autres composent leurs poèmes, ou, tuent eux aussi... Il n'ignorait rien des lois féroces et immuables de la Nature : il savait bien que chaque vie se paie par une mort, que celle-ci est une autre expression de la vie et que, souvent, elles se confondent.

Il était revenu vers cette tanière, persuadé que la louve acceptait sa présence discrète. Il ne se lassait pas de ces scènes de vie : ces gueules minuscules qui tentaient de saisir, suivant l'instinct, une gorge ou une patte, sans causer le moindre dégât. Car ces crocs n'étaient encore qu'une promesse... Promesse qui, d'ici quelques mois, deviendrait une arme redoutable. Une arme dont les premières proies seraient sans aucun doute les brebis des villages avoisinants.

Il essaya de se convaincre que la prédation racontée par le berger avait pour cause une meute d'une dizaine d'individus dont le territoire se trouvait plus à l'Est. Quelques jours plus tard, un appel de la Préfecture vint confirmer ses craintes. Une nouvelle offensive avait eu lieu à proximité du hameau et les victimes étaient de nouveau des agneaux. Le préfet lui ordonna donc de faire en sorte que les loups responsables soient éliminés :

— Il semble que la meute qui attaque les troupeaux soit basée vers le Mounier. Organisez une battue dans ce coin. Je ne veux plus de problèmes avec les éleveurs ; ils ont déjà suffisamment manifesté le mois dernier !

— Monsieur le Préfet, je pense que le groupe de loups se trouve plus à l'Est et je vais appeler les chasseurs pour faire le prélèvement nécessaire.

— Faites vite et faites bien !

Et le préfet raccrocha sans un mot aimable.

Max contacta la société de chasse et la battue fut préparée. Malgré un grand déploiement de forces, les loups restèrent invisibles et, quelques jours plus tard, une nouvelle hécatombe d'agneaux déclencha l'ire du préfet. Mais il ne suffisait pas d'ordonner depuis un bureau, fût-il préfectoral. Les loups sont malins, rapides, organisés. Surtout quand un humain semble vouloir leur venir en aide. Car Max obéissait bien aux ordres qu'il recevait, mais ses directives amenaient les battues bien loin de la tanière de « sa » louve. Il continuait à se persuader que ce n'était pas elle qui provoquait tous ces dégâts, mais il aurait été sûrement le seul à y croire s'il en avait parlé autour de lui, particulièrement à Enzo. Le vieil homme ne décolérait pas : deux de ses amis avaient, il y a deux jours, été victimes du prédateur et aujourd'hui c'était de nouveau dans son troupeau qu'il y avait des pertes.

Montant vers la tanière de Taïga, le louvetier entendit Enzo vociférer et annoncer qu'il allait se venger. Il fit un léger détour pour éviter de se trouver face à lui, et salua d'un signe Matéo, son petit fils, qui jouait au bord du ruisseau. Puis il continua sa route.

À proximité de la tanière, il ralentit le pas et vint se dissimuler à sa place habituelle. Il s'y rendait si souvent que les fourrés avaient fini par constituer un emplacement moelleux d'où il pouvait tout à loisir observer sa protégée, et chaque rencontre l'émerveillait. Taïga pointait sa gueule au vent, babines frémissantes, le regard rivé vers l'horizon, sa crinière hérissée par la brise. Des cernes noirs maquillaient le contour de ses yeux profonds en forme d'amande. Ses crocs, d'un éclat de cristal, et ses gencives ébène se découpaient sur l'écrin vermillon de sa langue. Les oreilles en permanence dressées, elle captait le moindre bruissement du vent, surveillant ses petits. Ces derniers grandissaient en agilité et en adresse. Ils commençaient maintenant à chasser eux-mêmes quelques mulots et Max avait pu assister à leur première chasse au lapin... d'où ils étaient revenus bredouilles.

Max avait l'impression de vivre des instants d'enchantement... et laissait libre cours à sa réflexion. Les animaux incarnent la volupté, la liberté, l'autonomie, ce à quoi nous avons renoncé... Les bêtes sont passionnantes parce qu'on ne peut percer leur mystère. Elles appartiennent aux origines dont la biologie nous a éloignés. Notre humanité leur a déclaré une guerre totale : loups, ours, éléphants, gorilles... Pourquoi détruire une bête plus puissante et mieux adaptée que soi ? Le chasseur fait coup double : il supprime un être, et tue en lui même le dépit de n'être pas aussi viril que le loup ou élégant que l'antilope... Ainsi allait le monde ! maugréa Max. La Grèce antique l'avait depuis longtemps exprimé : l'énergie du monde circule en un cycle fermé. De l'herbe à la chair, puis de la chair à la terre, sous la houlette d'un soleil qui offre ses photons aux échanges gazeux. Les biches galopent, les loups les pourchassent, les vautours planent. Naître, courir, mourir, pourrir et... revenir dans le jeu sous une autre forme où la morale — invention humaine — n'est pas invitée...

Pendant ce temps, un peu plus bas, au hameau de Vignols, Matéo racontait à son grand-père le passage de ce « militaire » arborant sur la manche un insigne doré représentant un loup. Enzo n'eut pas beaucoup d'explications à lui demander pour reconnaître le visiteur furtif. Le berger se souvint que Max avait brièvement parlé d'une louve solitaire lors de leur dernière rencontre.

— Je suis sûr qu'il cache quelque chose ! marmonna-t-il. Mais on ne trompe pas un vieux renard comme moi !

La visite d'un de ses amis précipita l'action qu'il mijotait depuis quelque temps. Ils discutèrent de la conduite à tenir face à l'inertie de l'Administration dont Max était pour eux le coupable représentant.

Le lendemain, en fin d'après-midi, Enzo enferma son troupeau dans le parc prévu pour la nuit, prit son fusil, en vérifia le fonctionnement, plaça deux cartouches de chevrotines dans le canon avant d'engager la sécurité. Puis il partit d'un pas décidé sur le sentier que lui avait indiqué Matéo.

Max avait terminé sa journée de classe. Il changea de tenue, mit son appareil photo dans son petit sac à dos et s'élança d'un pas alerte vers son rendez-vous quasi quotidien. En passant à Vignols, il s'étonna de voir les moutons d'Enzo parqués aussi tôt dans la soirée, mais il n'y prit pas garde : il était pressé. Il n'était plus très loin du but quand un coup de feu déchira le silence. Les montagnes alentour le répercutèrent longtemps. Max s'effondra à même le sentier comme s'il avait été lui-même atteint ; il se releva. Un frisson glacial le parcourut : l'écho retentit huit fois, dix fois, vaste et triste, emplissant sa tête et lui martelant sans fin : Taïgaaa !... Taï gaaa !... Taï gaaaaaa …

Le surlendemain, le meurtre d'un habitant de la Haute Tinée faisait la Une du quotidien régional. L'article décrivait avec force détails la découverte, par son petit-fils, dans une bergerie proche de Roubion, du corps d'un vieil homme, immigré italien, vivant seul, réputé irascible. L'enquête, diligentée par le Procureur, devait déterminer, entre autres, si ce meurtre présumé était lié à la louve abattue l'avant-veille.

NO PASARAN !

— Ce n'est pas une façon d'agir, monsieur Dupré ! Accueillir les gens à coup de fusil quand on n'est pas d'accord ne se fait pas ! Heureusement, aucun blessé n'est à déplorer !

— Ça ne risquait pas : j'avais fabriqué des cartouches au gros sel ! Mais me comprenez-moi, Monsieur le Juge : je ne céderai jamais mes terres. Jamais ! Vous m'entendez ! ...

De forte corpulence, le vieil homme dégageait une impression de fermeté. Son visage portait l'empreinte de l'âge et du soleil que venaient adoucir des yeux d'un bleu intense. Sa voix était claire, assurée ; il se tenait droit comme un i. Il avait haussé le ton, criant presque en fixant d'un regard désespéré le président du tribunal devant lequel il comparaissait pour avoir tiré sur l'huissier qui venait lui signifier son expropriation en vue de la construction d'une autoroute, déclarée d'intérêt public.

Le magistrat s'efforça de rester impassible face à la détermination de l'accusé. Il lui rappelait son grand-père, toujours prêt à s'emporter devant ce qu'il considérait comme une injustice. Il reprit :

— Expliquez-nous les raisons de votre colère.

— Je vais tout vous raconter, Monsieur le Juge. Je m'appelle Arsène Dupré et ma famille vit sur ce territoire depuis plus d'un siècle. Au cimetière sont enterrés tous mes ancêtres depuis au moins six générations. Mon père, déjà, avait refusé le remembrement, car les parcelles de nos terres possèdent toutes leur histoire et elles ne sont pas interchangeables. Et puis, il y a ces cahiers.

— Quels cahiers ?

L'homme tapa sur l'épaule de son avocat et lui réclama un paquet enveloppé de papier journal qu'il lui avait confié avant l'audience. Il dénoua avec soin la ficelle qui le maintenait, replia lentement le journal et exhiba sept ou huit cahiers d'écolier à la couverture fanée. Le président du tribunal masqua son impatience et répéta :

— Quels cahiers ?

— Ceux-là, Monsieur le Juge !

Il en brandit un en l'agitant énergiquement.

— Je les ai retrouvés cette année au grenier et ces longs mois de solitude imposée m'ont laissé le temps de les étudier en détail et de réfléchir. Vous comprenez, je m'interrogeais sur l'avenir de ma ferme : l'abandonner ou finir mes jours sur les terres de mes ancêtres ? Cette découverte m'a secoué. C'est mon grand-père qui les a rédigés ; ces feuilles, écrites à la plume par un paysan qui n'avait pas été à l'école très longtemps, mais qui savait lire et compter, indiquent toute l'histoire de ce territoire. Quand j'étais enfant, il me la racontait. Maintenant qu'il est parti, je la retrouve dans ces pages. Je vais vous en lire un passage…

— Je ne pense pas que ce soit le lieu idéal pour une telle lecture. Pouvez-vous résumer ce qui est écrit ?

— Dans ces cahiers, Monsieur le Juge, mon grand-père a décrit chacune de nos parcelles. Il a noté, au jour le jour, ce qu'il y faisait. Il a signalé celles qui étaient les meilleures pour faire pâturer les animaux. Pour les vergers, on peut y trouver l'origine de chaque arbre, la date de sa plantation, les récoltes annuelles. Et vous voudriez que j'abandonne tout ça pour laisser construire un ruban de bitume qui pue et qui pollue ! Vous voudriez que je laisse détruire tout ce qui a été imaginé, calculé, planté, cultivé, récolté avec amour depuis des générations !? Je connais personnellement tous les arbres de mes terres. Certains sont rares, car mon grand-père aimait les défis et il voulait acclimater ici des spécimens venus de pays lointains. Il a souvent réussi en particulier à Palu. Au bout de ce pré se trouve une mare ombragée par un magnifique saule blanc originaire de Scandinavie. La limite de la propriété est constituée de peupliers de Hollande qui atteignent près de trente mètres. Mes voisins appellent cet endroit mon arboretum et certains me disent que je devrais le faire visiter… Et à la place, il y aurait, d'après ces messieurs des travaux publics, une gare de péage ! On souhaite assassiner mes arbres pour les remplacer par des machines à racketter les automobilistes ! Je ne veux pas, je ne peux pas quitter ce lieu, Monsieur le Juge. Et puis il y a la descendance…

— La descendance ? Que voulez-vous dire, Monsieur Dupré ?

— Quand mon fils m'a annoncé qu'il ne prendrait jamais la suite de l'exploitation, j'ai hésité et j'étais prêt à renoncer... Mais il y a Léo, mon petit-fils ! Il faisait des études d'informatique et désirait travailler sur l'intelligence... comment... artificielle. Mais ce virus a arrêté toute activité et figé sa scolarité. Pendant plusieurs mois il est resté consigné dans sa chambre de bonne à Paris. Il ne pouvait plus venir me voir. Il déprimait, cloîtré loin de nos arbres et de nos champs. Quand le couvre-feu et les interdictions de circuler ont été levés, nous nous sommes enfin retrouvés. Je lui ai montré ces cahiers. Il a alors décidé de réorienter ses études vers une formation au Lycée Agricole pour me succéder. Il veut faire éditer les carnets de son ancêtre... Vous comprenez, Monsieur le Juge : dans leur isolement forcé, ces jeunes qui ne rêvaient que de progrès ont redécouvert l'intérêt des contacts humains et leur besoin de nature. C'est pour toutes ces raisons que je n'accepterai jamais de livrer ma ferme à ces fossoyeurs de notre cadre de vie. Avec cette autoroute défileraient des hordes de camions remplis de produits importés. Avec cette autoroute le paysage serait méconnaissable, comme violé, balafré par cette cicatrice noire enfermée entre deux grillages et semblable à un brassard du deuil de notre vie paysanne. Oui, beaucoup ont fini par céder aux sirènes du soi-disant progrès, mais moi je ne veux pas ; je refuse ! Je ne trahirai ni mon grand-père, ni mon petit-fils !

Et puis, enfin, Monsieur le Juge ! Ce territoire… c'est Mon pays ! Cette ferme, blottie au flanc de Ma montagne à quelques centaines de mètres d'une source qui devient torrent, entourée de cimes enneigées, bordée de hêtres majestueux, de vieux bouleaux argentés, de chênes tordus. Ces odeurs d'humus, de cèpes, de cerfs, de sangliers. Ces matins lumineux...

Dans le tribunal, personne n'avait osé couper la parole au prévenu. Tous ses amis l'admiraient avec, au fond des yeux, l'histoire vivante de leur pays. Arsène Dupré, paysan, gardait dans son regard la force de ceux qui avait contribué à le façonner ce Pays, à le broder en paysage.

Quand il cessa de parler, il y eut un long silence que le président rompit enfin.

— Nous avons bien entendu vos arguments et sommes prêts à en tenir compte. C'est pour cela que nous voulons marquer quelque indulgence pour votre accueil violent. À condition que Maître Garçon, l'huissier qui en a été victime, accepte un dédommagement symbolique et vos excuses. Mais notre décision ne peut en aucun cas annuler l'arrêt du tribunal administratif concernant votre expropriation...

Le magistrat cessa brusquement de parler et jeta sur l'avocat d'Arsène Dupré un regard furieux avant de reprendre :

— Vous ne manquez pas d'insolence, Maître ! Vous lisez vos messages pendant que j'explique notre verdict !

— Veuillez m'excuser, Monsieur le Président, répondit l'avocat en réprimant un sourire satisfait. Je ne consultais pas n'importe quels messages : mon cabinet m'informe d'une nouvelle qui concerne mon client.

L'avocat laissa planer un instant de silence, puis, fixant le Président :

— Je crains que l'arrêt du tribunal administratif ne puisse être appliqué avant longtemps. La construction de cette autoroute risque d'être repoussée aux calendes grecques...

La salle d'audience retenait son souffle dans l'attente de la suite de l'annonce de l'avocat.

— Je viens en effet d'apprendre que l'association « Les écologistes atterrés » a déposé un recours contre le projet. Il se trouve que la mare de Palu, dont monsieur Dupré est propriétaire, abrite une colonie de batraciens extrêmement rares. Ces animaux ont été déclarés espèce en péril par les instances internationales...

SOMMAIRE

- L'inconnu de la Verne 11
  rencontre avec la nature.
- Ultime randonnée 25
  adieu à la nature.
- Retour vers le futur 35
  souvenirs de nature.
- 2042 43
  la nature... demain.
- Elle portera son nom 53
  la nature implacable.
- Naître ou ne pas être 67
  la nature en Provence.
- Le bonheur esquissé 81
  rêves de nature.
- Le sentier interdit 91
  la nature fragile.
- Taïga 105
  la nature sauvage.
- No pasaran ! .... 123.
  pays, paysan... paysages.

Du même auteur

Du chêne au baobab, T. I : Côte d'Ivoire.

        Amalthée 2012

Du chêne au baobab, T.II : Tropiques.

        Amalthée 2018

Le fantôme du campanile.

        Livio Editions 2021

Africa blues.

        BoD 2022